**Herstellung und Verlag:**

BoD - Books on Demand, Norderstedt

**Text:** Karin Mann

**Fotos**: Karin Mann

**ISBN:** 978-3-7392-0556-4

# SAMTPFOTES
# GROSSES
# ABENTEUER

**G**estatten! Ich bin eine kleine Samtpfote.

Meine Pfötchen sind weiß. Auch unterm Hals besitze ich ein weißes Lätzchen. Ansonsten bin ich grau-weiß gestreift, ab und zu ist auch ein brauner Klecks zu sehen. Ich bin ein Tiger sagen meine Zweibeiner, ein „Stubentiger".
Ich weiß zwar nichts mit dem Ausdruck anzufangen. Aber ich fühle mich rundum wohl, da, wo ich jetzt lebe. Zur Welt gekommen bin ich an einem anderen Ort. Dort lebte ich glücklich mit meinen Geschwistern und meiner Mama. Wir kuschelten und schlummerten am liebsten im weichen Fell unserer lieben Mama. Natürlich mach-

ten wir auch Sachen, die unsere damalige „Menschen-Mama" überhaupt nicht gut fand. Wir spielten nämlich, als wir etwas größer waren, „Schwanzfangen". Dabei ging mal eine Blumenvase zu Bruch.

Oder wir hüpften, vor Übermut, in unser Wasserschüsselchen. Pu, war das nass. Da muss man doch einfach wieder schnell raus und sich kräftig schütteln, damit diese doofen Wassertropfen nicht bis auf die Haut kommen.

Im Bad, in einer Ecke, stand ein Kästchen, gefüllt mit Streu. Dort drin zu scharren machte großen Spaß. Unsere Katzenmama sagte uns, dass es ganz wichtig wäre, auf dieses Kästchen zu gehen, wenn wir mal ein „Geschäft" machen müssten. Von der Menschenmama wurden wir dafür auch gelobt und bekamen unsere Streicheleinheiten. Aber unsere Katzenmama war auch ganz lieb zu uns. Sie leckte unser Fellchen, bis es fein glänzte.

So verbrachten wir die ersten drei Monate unseres Leben, mit unserer Katzenmama, die mit uns spielte. Uns aber auch viel Neues beibrachte. Jeder Tag war, neben fressen, dösen und toben, doch recht interessant. Wir lernten viel. Warum? Wir hatten keine Ahnung, aber es machte Spaß.

Unsere Katzenmama war mächtig stolz auf ihre, wohlgeratene, quirlige Rasselbande. In einem ruhigen Augenblick setzte sie sich auf die Hinterpfoten, putzte ihr Fell, betrachtete uns und begann laut zu schnurren.

Eines Tages, wir hatten unsere kleinen Bäuchlein voll gefuttert und dösten mit unserer Mama im Katzenkörbchen, als es mal wieder diesen, verhasst langen, Piepton gab.

Wir wussten, jetzt kommen mal wieder „Zweibeiner" zu unserer Menschenmama zu Besuch. Aber dieses Mal war es irgendwie anders.

Denn sonst wurden wir nur mal kurz beachtet und dann aber wieder in Ruhe gelassen. Die großen Zweibeiner hatten jedoch noch drei Kleine, ihrer Art, im Schlepptau. Diese konnten sich an uns nicht sattsehen. Wir wurden hochgenommen, betrachtet und gestreichelt. Die kleinen Zweibeiner spielten mit uns. Das war ein Gerenne durch unser kleines Reich. Ganz erschöpft kuschelten wir uns alle an unsere Mama. Wir waren doch noch so klein. Erst zwölf Wochen alt und durch die Jagerei sehr, sehr müde.

Nun brachte einer, der großen Zweibeiner ein Ding herein, da lag eine flauschige Decke drin. Unsere Menschenmama packte eines meiner kleinen Geschwister und streichelte es. Sie sprach ganz lieb mit ihm, dann setzte sie es in das Ding, Die kleine Tür wurde zugemacht. Mein Geschwisterchen saß dahinter und konnte nicht zu uns. Es fing an, aus tiefsten Herzen, zu jammern. Doch auch die Katzenmama konnte ihm nicht helfen. Einigermaßen verstört mussten wir alle mit ansehen, wie die Zweibeiner mit dem „Ding" und unserem Geschwisterchen einfach verschwanden.

Wir hörten nur noch einen Augenblick seine durchgreifenden Schreie nach der Mama. Dann war es plötzlich still. Wir drückten uns ganz fest an unsere Mama und schliefen schließlich, an ihrer Seite, ein. Dieser Tag war doch recht aufregend, für uns kleine Miezekatzen, verlaufen. Solche oder ähnliche Tage gab es jetzt öfter.

Unsere intakte Familie wurde immer kleiner. Meine Geschwister wurden von fremden Zweibeinern mitgenommen. Warum nur?

Irgendwie hatte ich Angst. Aber ich war auch neugierig, was wohl hinter dem Ding, welches die Zweibeiner Tür nannten, welche für uns kleine Katzen nicht offen war, lag und was es da zu sehen gab.

Ehrlich, ich lernte die andere Seite der Tür schneller kennen, als mir lieb war. Schlimm war nur, dass meine Katzenmama gerade nicht da war, als es mal wieder diesen verhassten Piepton gab. Flugs wurde ich schon hoch genommen und gestreichelt. Eine nette Stimme redete auf mich ein.

Mein kleines Herz pochte. Ich wollte zu meiner Mama. Aber sie war nicht da. So begann ich herzzerreißend zu klagen.

Auch die Streicheleinheiten konnten mich nicht beruhigen. Schon war ich hinter dem Ding „Tür" angekommen.

Vor mir lag jetzt eine ganz andere Welt. Hier war es laut und es roch nach vielem. Und dann kamen noch stinkende, große und kleine Dinger vorbei. Sie machten einen un-

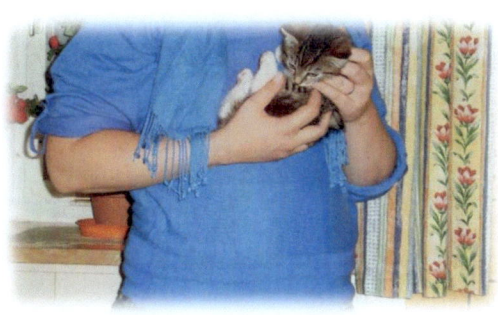

heimlichen Krach und waren dazu noch sehr schnell. Es war einfach nur schrecklich: ",Mama wo bist du?" '

Der Zweibeiner steuerte auf so ein Ding zu, und setzte sich mit mir hinein.

Ein anderer Zweibeiner drehte an einem Rad und schon sausten Dinge an uns vorbei, die ich nicht kannte. Es war einfach gruselig.

Ich schloss die Augen, rief ganz kläglich nach meiner Mama. Aber sie war nicht da. Ich war ganz allein und ich hatte Angst.

Wir waren eine ,Ewigkeit' gefahren, als das Ding endlich stehen blieb. Ich wagte einen Blick. Aber hier war mir alles fremd und meine Angst wurde noch größer.

Der Zweibeiner stieg mit mir aus, bald darauf öffnete sich eine Tür. In der Öffnung dieser Tür erschien ebenfalls ein Zweibeiner. Diese Beiden unterhielten sich jetzt angeregt. Ich spürte nur, es ging um mich. Es war die Rede davon, dass da ein Hund wäre, der keine Katzen mag und ich mein Leben im Schafstall verbringen müsste.

Da sprach der Zweibeiner in der Tür plötzlich „**Weißt du was, dann lass doch den kleinen Scheißer einfach hier**".

Dann ging die Tür zu. Ich wurde in einen großen Raum gebracht. Ängstlich sah ich mich um. Hier war alles fremd. Wieder begann ich, herzzerreißend, nach meiner Mama zu rufen. Der Zweibeiner redete mir gut zu, streichelte mich und ich begriff. Das ist jetzt mein neues zu Hause und meine neue Menschenmama.

Sie setzte mich auf einen Stuhl und schob diesen unter den Tisch. Dort war es schön warm und auch dunkel.

Ich schlief auf Grund der großen Aufregungen erschöpft ein.

Nach einer Ewigkeit wurde es laut und ein weiterer Zweibeiner betrat den Raum. Ich wurde hervorgeholt und betrachtet. Die neuen Zweibeiner waren sehr lieb zu mir. Ich bekam ein Schüsselchen mit Futter und eines mit Wasser, hatte sogar ein eigenes Klo.

Nun siegte meine Neugier. Ich begann mein neues zu Hause zu erkunden. Das war gar nicht so einfach. Es gab eine Menge Stufen, welche, für meine Pfötchen, noch unüberwindlich waren. Ich war doch noch so klein. Aber mir wurde geholfen. Wenn meine neuen Menschen am Tisch saßen, wurde auch ich hochgehoben und auf die Eckbank gesetzt. Das hat mir gefallen. Hatte ich doch von da aus einen etwas besseren Überblick.

Irgendwann waren meine Menschen dann plötzlich verschwunden und ich saß allein in meinem schönen, neuen Körbchen. Das Körbchen war weich und zusätzlich lag noch eine flauschige Decke darin. Und es gehörte mir ganz allein.

Ja es war warm, es war weich, ich war satt und müde.

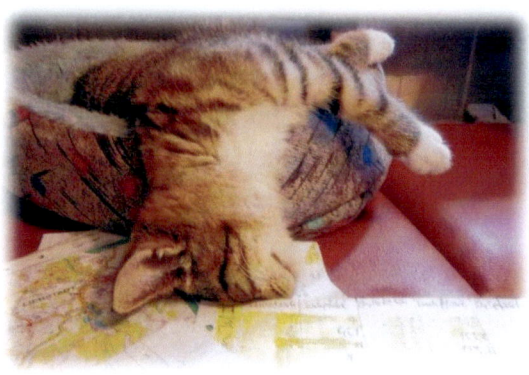

Aber die Nacht allein ohne meine geliebte Katzenmama. Ich konnte nicht mit ihr kuscheln. Wieder war ich traurig und ängstlich. Oben schnarchten meine neuen Eltern und

ich war unten allein. Alles war noch neu und so fremd. Daher begann ich nach meiner Katzenmama zu rufen. Aber sie war nicht da. Irgendwann schlief ich vor Erschöpfung ein. Am nächsten Morgen bekam ich frisches Futter. Ich war hungrig und ließ es mir schmecken. Anschließend erkundete ich weiter mein neues zu Hause. Da gab es viele Schlupfwinkel. Ich versteckte mich auch ganz gerne unter dem Ofen. Da war es dunkel. Ich konnte von da unten aus alles sehen. Wenn es was Interessantes gab, war ich da. Ich durfte doch nichts verpassen. Mal versuchte ich auf die Eckbank in der Küche zu springen. Aber das klappte nicht. Wumps, lag ich auf dem Rücken. Ich war eben noch zu klein. Liebevoll hob mich meine Menschenmama hoch und tröstete mich. Plötzlich fing ich an zu schnurren. Erst ganz leise, dann immer lauter. Ich legte mich auf der Eckbank auf, eine, für mich bereitgelegte, Decke. Ich blinzelte, leckte mein Fell glatt, rollte mich zusammen und machte ein kleines Nickerchen. Mit einem Ohr war ich immer auf der Lauer, wann denn endlich mein Menschenpapa herzukommt. Ich wollte doch mit ihm ‚Zeitung lesen'. Das heißt, mein Mensch wollte lesen. Ich aber tatschte mit meinen Pfötchen dagegen. Das war ein Heidenspaß. Mein Menschenpapa baute mir auch ein Spielzeug. Das hing dann an der Stuhllehne. Hier schlich ich mich immer an, um es dann zu packen. Oder es wippte hin und her und ich wollte es fangen.

Neben diesen Beschäftigungen, sowie fressen, schlafen, dösen und meinen Erkundungstouren im Haus vergingen die nächsten Tage. Ich rief, nicht mehr so oft, nach meiner Mama. Die Menschen hatten mich lieb und ich durfte auch mit ihnen kuscheln. Dann kam der Tag, als ich ganz alleine auf die Eckbank konnte. Das heißt, ich machte mich lang und zog mich hoch. Ich war stolz

auf mich und auch meine Menschen lobten mich. Ich war jetzt 14 Wochen alt.

Alt genug, um ein neues Abenteuer zu bestehen. Dieses hieß Treppe steigen. Es war gar nicht so einfach die Stufen zu erklimmen. Aber irgendwie hatte ich es geschafft und ich war oben. Hurra! Ich legte mich auf eine Fußmatte und musste erst mal verschnaufen.

Dann verspürte ich Hunger. Mein Napf war aber unten. Aber wie die Treppe wieder runter? Schließlich hangelte ich mich rückwärts von Stufe zu Stufe hinab. Das sah bestimmt doof aus. Aber irgendwie musste ich ja wieder runter. Dort wartete leckeres Futter mit Joghurt-soße auf mich. Wenn ich nur daran dachte, lief mir schon das Wasser im Maul zusammen. Also musste ich wieder runter. Und ätsch, ich hab's geschafft. Nun schnell zum Futter und dann aufs Klo.

Ich bin ganz, ganz müde und flitze in mein Körbchen. Heute haben mir meine Menschenmama und mein Menschenpapa auch einen Namen gegeben. Sie sagten, weil ich immer so renne, soll ich Flitzi heißen. Der Name gefällt mir. Ich bin einverstanden, miau. Meine Menschenmama wollte mich auch beschützen und so wurde mir ein ‚Gefängnis' verpasst, wenn ich mal vor die Tür durfte. Dieses nannten meine Menschen Leine. Ich hatte eine ziemlich lange Leine. Aber eben die war auch irgendwann mal zu Ende. Das gefiel mir über-haupt nicht. Aber ich freute mich immer auf den Ein-bruch der Dunkelheit, denn dann ging mein Menschen-papa mit mir spazieren oder besser gesagt rennen. Ich preschte vor und mein Mensch musste sehen, dass er hinterher kam. Ich war zufrieden und der Mensch K.O. Aber ich fand das gut so, solange ich noch klein war. Als ich größer wurde, fand ich das nicht mehr so pri-ckelnd, und ich ging stiften. Wie ich das gemacht habe?

Ganz einfach. So lange meine Menschen um mich waren, war ich gaaanz artig. Aber sie brauchten nur mal eine Minute weggehen, schon stieg ich aus meinem Geschirr aus. Das lag dann im Hof, ohne mich. Ich erkundete derweil die Welt, so wie ich es wollte. Meine Zweibeiner fanden mich nicht. Manchmal liefen sie auch an mir vorbei. Aber ich habe mich gut versteckt. Das war ein Spaß. Aber nach einer Weile bin ich dann freiwillig zurück. Meine neue Familie hatte mich doch lieb und ich wollte sie nicht enttäuschen, miau.

Zu meiner neuen Familie gehörten, neben meinen neuen Eltern, auch noch zwei jüngere Zweibeiner, welche mich auch sehr lieb haben. Die mochten mich auch und ich mochte sie. Im Sommer durfte ich mich mit auf die Decke legen und im Gras dösen, und dabei den Zwitscherlingen zuhören. Und wenn mich meine Menschen dann lobten, war ich mächtig stolz auf mich. Ich fühlte mich wie ein kleiner König, hob stolz mein Köpfchen und schnurrte.

So vergingen einige Monate.

Ich war nun kein kleines Katerchen mehr, sondern groß. Ich hatte lange Beine, so dass es mir ein leichtes war Eckbank und Treppe zu benutzen. Meine Menschen sprechen von Tierarzt und Operation. Was war das denn nun wieder?

Und eines Tages setzten mich meine Menschen in ein kleines Körbchen und dann in das Ding, dass da Auto heißt und fuhren mit mir los. Wir kamen zu einem freundlichen Zweibeiner, welcher mich allerdings piekte. Und das fand ich gar nicht nett. Dann kann ich mich an nichts mehr erinnern, denn ich wurde plötzlich ganz, ganz müde und obwohl ich es nicht wollte, schlief ich einfach tief und fest ein. Was dann mit mir passierte, kann ich nicht sagen. Ich weiß aber jetzt, dass ich keine Familie gründen kann. Na ja, macht aber nichts. Habe trotzdem meinen Spaß. Und noch etwas Bedeutendes ist passiert. Ich bin draußen nicht mehr an der Leine.

Ich kann selber bestimmen, was ich machen will ich gehen will. Dafür bin ich meinen Menschen sehr dankbar.

Es    gibt    auch    viel    zu    entdecken.

Im Frühling, wenn die Zwitscherlinge Hochzeit machen, ist es sehr interessant im Garten. Bei ihrem Gezwitscher und Geflatter kommt es schon vor, dass sie mir fast vor das Maul laufen. Dann heißt es einfach: wer ist fixer. Aber meistens fliegen die Zwitscherlinge davon, setzen sich irgendwo hoch oben auf einen Baum und beginnen zu singen.

Naja, Pech gehabt. Aber noch fieser sind die schwarz-weißen Flattertiere, die im Garten, am Teich, Mücken fangen. Schwalben sagen meine Menschen dazu. Wenn ich im Sommer an einem schattigen Plätzchen am Teich  so vor mich hin döse, attackieren mich diese kleinen Biester. Das heißt, sie kommen, im Sturzflug, fast bis auf meinen Kopf und veranstalten dabei ein

Mordsspektakel. Schließlich ist es mit meiner Ruhe vorbei und ich ziehe es vor, mich zu verdünnisieren. Dieses Gezeter geht mir gehörig auf die Nerven. Es ist unfair, was diese sogenannten ‚Schwalben' mit mir machen. Aber ich räume das Feld nur langsam. Sonst glauben die vielleicht noch, dass ich Angst habe vor ihnen habe.

Eh ich gehe, fauche ich recht kräftig und zeige meine Zähne. Das macht Eindruck.

Dann verschwinde ich ins Haus und suche meinen Fressnapf auf. Nach so einer Niederlage muss ich mich erst mal beruhigen. Und was hilft da besser als mein Lieblingsfutter. Also hau ich erst mal rein. Mahlzeit!

Noch fieser sind die ‚Eichhörnchen'. Die flitzen ja so schnell, von einem Baum auf den nächsten, dass ich ihnen überhaupt nicht folgen kann. Bei diesen Flitzerlingen habe ich doch tatsächlich keine Chance. Also ab unter die Hecke in den Schatten und eine neue Strategie ausgedacht. Die aber auch nichts bringt. Bei diesen Viechern habe ich meistens das Nachsehen. Da hilft nur verstecken und dösen.

Wenn ich dann, abends daheim, meine Streicheleinheiten bekomme, heißt es schon mal „Ach Flitzi, du hast ja schon wieder einen Holzbock". Meine Menschenmama holt eine ‚Zange' und dreht das Übel raus. Ich bin ihr sehr dankbar dafür. Ich frage mich nur, warum kommen diese Blutsauger gerade zu mir? Das ist gemein, so über mich herzufallen. Aber die machen das immer wieder.

Einmal, mein Menschenpapa holte einen Eimer und einen Besen und wirbelte mächtig viel Dreck auf, in einem Ding, welches die Menschen Ofen nennen. Die Menschen meinten, das Ofending müsste gereinigt werden, damit es in der nächsten Heizperiode wieder schön warm, in der Wohnung, wird. Ich konnte mit diesen Worten nichts anfangen, war aber doch sehr neugierig. Die Ofentür stand noch offen, meine Menschen waren aber nicht zu sehen. Also nutzte ich die Gunst der Stunde und sprang in die Öffnung hinein. Dort war es dunkel und es roch irgendwie nach Rauch. Es war richtig ungemütlich. Also nichts wie raus hier. Aber mein Ausflug wurde entdeckt. Meine schönen weißen Pfoten waren jetzt nämlich dunkel und meine Menschen zogen es vor, mich erst mal, mit einem Tuch, gründlich zu reinigen. Das war aber nicht mein Ding und ich schüttelte mich kräftig, so dass eine gewaltige Staubwolke aus meinem schönen Fell flog. **„Ach, bist Du ein kleiner, dummer Kater"** wurde mir gesagt. Aber das war nicht witzig und ich schämte mich sehr. Also huschte ich ganz schnell unter den Ofen, und begann mich gründlich zu putzen. Meine Menschen sollten nicht länger böse auf mich sein. Aus meinem Versteck unterm Ofen hörte ich sie sagen**: „So ein kleiner Scheißer. Er hat nichts wie Unsinn im Kopf. Könnte doch aber wenigstens versuchen, mal 'ne Maus zu fangen".**

Ja, das war es. Eine Maus fangen. Ich könnte es ja mal versuchen. Aber erst morgen. Heute ist bald Schlafenszeit für meine Menschen, dann bin auch ich ganz leise. Also rollte ich mich zusammen und schlief nach einem aufregenden Tag auch endlich ein.

Natürlich sehnte ich den nächsten Tag herbei. Als endlich die letzten Sterne verblassten und meine Menschen sich für den neuen Tag zurecht machten, kratzte ich ganz aufgeregt an der Tür. Ich wollte nur noch raus auf die Wiese. Also flinke Pfoten und los. Der Garten meiner Menschen wird von einer Hecke begrenzt und dahinter liegt überall schöne grüne Wiese. Ideal für mich. Aber so einfach war das nicht. Saß doch dort ein großer rot-weißer Kater. Ich wollte mich heimlich bei ihm vorbei schleichen. Aber er entdeckte mich doch und legte seine Ohren an. Dabei richtete er sich in voller Größe auf und knurrte ganz böse. Ich ließ ein klägliches Miau hören und ging stiften. Ich rannte in Richtung Haus. Dort waren meine Menschen. Dort war ich in Sicherheit. Erschöpft setzte ich mich auf einen Holzstapel, der im Hof lag und begann mich zu putzen. Eigentlich war ich ja sauber. Das war jetzt sozusagen eine Art Verlegenheitsputzen. Was sollte ich machen? Wie sollte ich mich verhalten? Ich grübelte eine ganze Weile und dann machte ich in der Sonne noch ein kurzes Nickerchen. Endlich stand mein Entschluss fest, von diesem alten Kater nicht unterkriegen zu lassen. Ihm einfach zeigen, dass ich da bin. Außerdem ist die Wiese groß genug. Ist für uns beide genug Platz, ohne dass wir uns in die Quere kommen müssen. Also zweiter Versuch. Dieses Mal jedoch jagte mich der Kater ganz gehörig. Ja, er kam mir immer näher und erreichte mich armen, armen Flitzi! Das heißt, ich selber war in einen Hinterhalt gelaufen. An meinem Feind kam ich nicht mehr vorbei. Der Rote setzte sich vor mich und begann mich anzuknurren. Also tat ich es ihm nach. Ich weiß nicht, wie viele „Stunden" wir so dagesessen und geknurrt haben.

Da bemerkte ich plötzlich, wie der andere Kater ganz vorsichtig eine Pfote hob und zurücksetzte. Das machte er mit allen Pfoten. Es ging ganz, ganz langsam. Vielleicht war ihm langweilig, vielleicht auch meine Anwesenheit zuwider. Aber der rot-weiße war auf dem Rückzug. Das gefiel mir. ‚**Wenn Du auf dem Rückzug bist, bin ich auf dem Vormarsch**' dachte ich. Gesagt, getan. Natürlich war es naiv von mir zu glauben, dass der andere Kater kampflos, freiwillig das Feld räumt. Denn plötzlich sprang er vor, legte die Ohren an und knurrte. Seine Augen blitzten und ich bekam eine deftige Ohrfeige von seiner rechten Vorderpfote. Aua, das hatte gesessen. Ich miaute kläglich und räumte das Feld. Für heute hatte ich genug. Ich wollte nur noch meine Ruhe und sehen, was die Menschenmama feines in meinen Futternapf getan hatte. War das mal wieder ein aufregend anstrengender Tag, miau.

Dieser Tag sollte aber noch lange nicht vorbei sein. Es war ein herrlicher Abend. Die Zwitscherlinge machten Radau und meine Menschen hatten ein Feuer im Hof angemacht und es roch lecker nach Wurst. Auch ich bekam ein Stück. Hm, schmeckte das gut. Die ersten Sterne blinkerten schon am Himmel, ich aber wollte nicht ins Haus. Die Geräusche waren anders als die, welche ich bisher kannte. Das wollte ich erkunden.

Auch das beste Leckerli brachte mich nicht hinein. Ich versteckte mich vor meinen Menschen. Sie suchten mich, riefen mich, liefen an mir vorbei. Sie sahen mich nicht. Schließlich gaben sie auf. Die Tür fiel ins Schloss. Ich aber war draußen. Nun bekam ich doch etwas Angst. Aber das sollte keiner sehen. Ganz leise und vorsichtig schlich ich mich, auf meinen Samtpfoten, zur großen Wiese. Es war eine warme Sommernacht und ganz oben der Mond war kugelrund. Aber was war das denn? Einige Meter neben meiner rechten Pfote saß die Katze der Nachbarin. Sie saß nur da, würdigte mich keines Blickes. Und auch der rot-weiße war da und noch ein schwarzer. Alle saßen nur da und sahen den Mond an. Ab und an ertönte nur ein lautes langgezogenes Miauauau. Also beschloss ich, es den Anderen gleich zu tun. Ich erfuhr, dass Vollmond war, und die Katzen der Umgebung sich zum Treff zusammengefunden hatten. Und Hurra, ich wurde als neuer Kater aufgenommen. den Mond anzumiauen.

Nun hatte ich, als jüngster im Bunde. mein eigenes Re-

vier. Die alten Kater akzeptierten das und ich darf jetzt auch, zu bestimmten Zeiten, das Gebiet eines anderen Katers, ohne Zwischenfall, überqueren. Nur zu nahe kommen darf ich den anderen nicht, will ich aber auch nicht. Und die große Wiese, die teilen wir uns jetzt. Da ist für jeden genug Platz zum Dösen und Jagen.

Apropos jagen. Ich wollte doch meinen Menschen eine Freude machen. Daher ging ich auf die Wiese. Dort tief unter der Erde lebt nämlich Familie Maus. Die Mäuse fressen Gräser und Körner und so. Diese Sachen holen sie in ihren Bau. Auf dem Wiesenboden befindet sich ein Loch. Das ist der Eingang zum Bau. Ich dachte ‚Flitzi leg dich neben das Loch und gleich hast du eine Maus'. Doch weit gefehlt. Stunde um Stunde saß ich ganz ruhig neben dem Loch, aber es rührte sich nichts. Keine Maus wollte ins oder aus dem Haus. Es war zum Verzweifeln. Ich wollte schon aufgeben. Da hörte ich plötzlich vorsichtige tapsige Schritte. Und plötzlich steckte eine Maus ihren Kopf zum Loch heraus. Sie sah sich ganz vorsichtig um und spähte in alle Richtungen. Ich nahm das alles aus dem linken Augenwinkel wahr, blieb aber ganz ruhig sitzen. Endlich hatte sich die Maus besonnen und saß nun zwischen den Grashalmen. Ich, ganz Gentleman, ließ der Maus, natürlich großzügig, einen gewissen Vorsprung. Allerdings ließ ich sie nicht aus den Augen. Ich duckte mich und streckte meinen Körper. Meine Schwanzspitze peitschte erregt hin und her. Und jetzt ein großer Sprung, und ich hatte die Maus im Genick erwischt. Die piepste kurz auf und versuchte stiften zu gehen. Aber ein Klaps mit meiner rechten Vorderpfote und die Maus fiel auf die Seite und piepste jämmerlich. Das Gezetere hält kein Kater aus. Also noch ein Klaps mit der anderen Vorderpfote und die Maus war im Mäusehimmel. Ich biss in ihren Körper und beroch das Individuum von allen Seiten. Schließlich wälzte ich mich auf der Maus und versetzte ihr mit meinen Pfoten noch einige Hiebe. Aber sie regte sich nicht mehr. Da nahm ich meine Beute ins Maul und schleppte diese zu meinen Menschen.

Ich legte die Maus vor die Hintertür, und fing an, vor dem Küchenfenster, ein ohrenbetäubendes Miau Miau ertönen zu lassen. Schließlich kam meine Menschenmama an die Hintertür und sah die tote Maus. Und sie sah mich. **„Na Flitzi, hast du eine Maus gefangen? Das ist aber fein. Du bist ein ganz, ganz lieber Kater!"** Dazu bekam ich viele Krauleinheiten. Meine Menschenmama hatte das auch dem Papa erzählt und auch von ihm wurde ich gründlich geknuddelt. Ich fühlte mich ganz toll. Ich war stolz auf mich. Hatte ich es doch endlich geschafft. Ich hatte meine erste Maus gefangen. **Hurra!** Meine Menschen waren sehr stolz auf mich.

Wenn die Sonne scheint, ist viel Kriech- und Flattergetier unterwegs. Da gibt es z.B. kleine Flattertiere, meine Menschen sagen dazu Fliegen. Die fliegen um mich rum, wenn ich einfach nur mal vor mich hin dösen will. Und das ärgert mich. Also in Lauerposition, und dann mit vollem Körpereinsatz rücke ich den Störenfrieden auf die Pelle. Das ist nicht ganz einfach. Aber manchmal erwische ich die Biester und zwischen meinen scharfen Zähnen hauchen die ihr Leben aus. Einfacher ist es, wenn die bösen Unruhestifter an der Hauswand sitzen. Die Hauswand meiner Menschen ist hell. Da erkenne ich so einen dunklen Punkt sofort. Ich kann nämlich gut sehen. Ein Sprung und ein Schlag mit meiner Pfote und das Fliegenbiest liegt im Sand. Ist doch praktisch. Meine Menschen haben sich, zur Beseitigung dieser Plagegeister, eine Klatsche angeschafft. Ich finde es spaßig, wenn sie damit den Fliegen hinterher laufen, von der Küche in die Stube, von da zurück zur Küchenlampe. Meist ist die Fliege erst mal Sieger.

Meine Methode ist doch viel besser. Aber meine Menschen essen keine Fliegen.

Die Menschen haben bestimmte Tage, die etwas ganz besonderes sind. Ostern ist so eine Sache. Meine Menschenmama hat die Wohnung fein geputzt. Auch meine Polster wurden gewaschen. Dann kam ein Osterstrauch ins Haus. Meine Menschenmama hängt bunte Ostereier daran. Das ist sehr interessant. Ich möchte so gerne damit spielen. Aber ich darf nicht!! Das finde ich dumm. Da mach ich das eben heimlich. Braucht ja keiner zu wissen. Ach ist das herrlich, wie die bunten Dinger schaukeln, wenn ich die mit meiner Pfote anschubse. Immer mehr und immer mehr. Das ist schön. Das macht Spaß. Aber was ist das? Auweia. Jetzt hab ich die Vase getroffen und hab sie umgekippt. Das ganze Wasser läuft über den Tisch und runter auf den Fußboden. Ich prüfe mit der Pfote vorsichtig die Vase. Katz sei Dank ist sie noch heil. Da kommt auch schon mein Menschenpapa und schimpft tüchtig mit mir. Aber das kann ich nicht so recht verstehen. Erst stellen sie mir das schöne Spielzeug hin und dann darf ich nicht spielen. Naja, mein Mensch wird sich schon wieder einkriegen. Ich jedoch verkrümele mich erst mal unter den

Ofen und checke, von da aus, die Lage. Wenn die dunklen Wolken verflogen sind, dann bin ich wieder da.

Es gibt einige Tage, da lassen mich meine Menschen nicht vor die Tür. Einen dieser Tage nennen sie Silvester. Ich merke schon, wenn etwas anders läuft, als sonst.. So baumelt mein Menschenpapa lauter bunte Schlangen an die Stubendecke. Auch von ihr runter hängt das Zeug. Wäre ja schönes Spielzeug, wenn da nicht noch jede Menge Luftballons rumliegen würden und wenn die kaputt gehen, dann knallt es jämmerlich. Also Pfoten weg und ganz artig auf mein Polster gelegt. Vor den Fenstern knallt es überall. Meine armen, armen Ohren. Nur gut, dass ich nicht raus darf. Die Menschenmama macht dann sogar die Fenster zu.
Ich versuche zu schlafen! Geht aber nicht, weil es immer wieder vor dem Haus rumst. Ins Bett gehen die dann auch nicht. Manchmal kommen noch andere Zweibeiner. Dann geht es richtig laut zu. Einmal waren fremde Zweibeiner da und hatten Zeug zum Bleigießen mitgebracht. Aber irgendwas hat der falsch gemacht. Das Zeug klebte dann an der Küchenwand und an der Lampe überm Tisch. Es blubberte und zischte gar schrecklich. Eigentlich wollte ich ja mal aufs Klo. Aber

ich hatte Angst vor dem Krach draußen! Der Lärm drinnen war auch nichts für mich. Also gehe ich mal wieder unter den Ofen. Da krachte es draußen ganz schrecklich und vor lauter Schreck machte ich eine Pfütze in mein Versteck. Wie unangenehm. Aber meine Menschen waren mit sich beschäftigt und so bemerkten sie dieses Missgeschick nicht sofort. Ich zog es zwar vor, unterm Ofen zu bleiben, aber dort war es nicht so weich wie auf dem Sofa. Es war ungemütlich. Daher war ich froh, als sich die Gäste verabschiedeten und meine Menschen endlich das Licht löschten. Nun war die Welt wieder in Ordnung. Endlich kann ich beruhigt einschlafen. Wenn ich aufwachen werde, ist ein neues Jahr, miau.

Genauso Krach gemacht wird Ostern. Am Samstag treffen sich viele Zweibeiner, auf Nachbars Wiese, um Milchkannendeckel durch die Luft segeln zu lassen. Das knallt enorm heftig. Na ja, ich darf ja nicht raus. Mein Menschenpapa ist manchmal dort. Er hat dann interessante Dinge zu erzählen. Würde mir das auch gerne mal ansehen. – Nur von Weitem– Aber ich kann betteln, wie ich will. Ich darf nicht. Vielleicht haben meine Menschen ja Recht. Also gebe ich mich geschlagen, rolle mich zusammen und schlafe. Gute Nacht, miau.

Ab und zu kommt ein kleiner Zweibeiner, mit seinen Eltern, zu Besuch.

Die wohnen in einer großen Stadt. Ich habe das bei Unterhaltungen meiner Menschen mit anderen Zweibeinern mitbekommen. Nun ja, leider haben sie keine Haustiere und haben sicher auch keine Zeit dafür. Ich wollte mich von meiner besten Seite zeigen, aber leider verstehen sie meine Sprache nicht. Ob sie die noch lernen? Ich hoffe es sehr. Denn ich mag sie, besonders den kleinen Zweibeiner. Wir zwei können schon gut miteinander reden. Aber es gibt halt Menschen, die nichts vom Naturell einer Samtpfote wissen. Vielleicht haben sie dann aber schon die Katzensprache gelernt und wir verstehen uns. Wäre doch prima. In diesem Sinne ein dreifach miau-miau-miau auf meine lieben Menschen. Die verstehen mich.

Ich war letztens mal schlimm krank. Mir taten ganz, ganz sehr meine Ohren weh. Ich schüttelte mich, miaute, knurrte. Ja ich sprang, mit allen vier Pfoten in die Luft, und jagte durch die Wohnung ohne Rücksicht auf Verluste.

Meine Menschen wollten mir helfen und verabreichten mir eine Flohkur. Aber natürlich half das nicht.

Als ich mal wieder draußen war und der Wind ganz toll um meine Ohren pfiff, hatte ich solche Schmerzen, dass mir die Lust auf rumstromern und fressen vergangen war. Also suchte ich mir ein ruhiges Plätzchen und kauerte mich nieder. Mein ganzes bisheriges Leben zog an mir vorbei. Ich wurde sehr, sehr traurig. Es begann bereits zu dämmern, aber ich wollte einfach nicht aus meinem Versteck. Meine Menschenmama war sicher auch traurig. Sie suchte mich und sie fand mich schließlich an den Stamm einer dichten Konifere geduckt. Schnell brachte sie mich ins Haus und ich versteckte mich unter dem warmen Ofen. Das tat meinen Ohren gut und irgendwie verspürte ich Hunger. Also quälte ich mich zu meinem Fressnapf. Meine Menschen waren froh, dass ich etwas fraß. Sie unterhielten sich und ich erkannte, es ging um mich.

Aber was hatten sie nur mit mir vor? Mein Menschenpapa holte den verhassten Korb herein und die Mama polsterte ihn mit zwei weichen Decken aus. Dann setzten sie mich in den Korb und dieser wurde zum Auto getragen. Und schon ging es los. Ich mag nicht Auto fahren und miaute daher kläglich. Aber es half nicht. Nach einer, für mich, schier unendlich langen Fahrt hielt das Auto. Meine Menschen stiegen aus und nahmen mich, samt Körbchen, mit in ein großes Haus. Sie öffneten die Tür. Mir schlug sofort Feindgeruch entgegen. Dort saßen große und kleine Hunde mit ihren Herrchen und Frauchen. Mehrere Zweibeiner hatten Körbchen oder eine Box bei sich, aus der es auch kläglich miaute. Ich hatte Angst und verkroch mich in die hinterste Ecke meines Körbchens. Was wird jetzt mit mir? Ganz schlimm wurde es, als, hinter einer weiteren Tür, eine Katze ganz laut anfing, zu knurren und zu miauen. Es war kaum zu ertragen. Endlich hatte das bange Warten ein Ende und ich war an der Reihe.

Ich begriff, alle Vierbeiner hier, waren irgendwie krank.

Die Zweibeiner waren hier, um ihre Lieblinge untersuchen zu lassen. Wir waren also beim Tierarzt.

Ein freundlicher Zweibeiner im weißen Kittel streichelte über mein Fell und fragte nach meinem Namen. Meine Menschen erzählten, was mit mir los sei und nun wurden meine Ohren untersucht. Ergebnis: sehr schlimme Ohrenentzündung. Ich wurde mehrmals mit einem spitzen Gegenstand gepiekt. Meine Menschen bekamen noch Ohrentropfen und Tabletten für mich. Diese sollten sie mir jeden Tag geben. Nachdem ich gelobt wurde, was ich doch für ein tapferer Kater sei, war ich fürs erste entlassen. Ich kroch von ganz allein in das verhasste Körbchen, rollte mich zusammen. Ich wollte nur noch schlafen.

Noch zwei Mal fuhren meine Menschen mit mir zu diesem großen Haus. Dann endlich war ich wieder gesund. Meine Menschen waren glücklich und ich auch.

Nun musste ich erst mal sehen, ob in meinem Revier alles in Ordnung war. Als ich am frühen Morgen raus gelassen wurde, begrüßten mich die Zwitscherlinge mit ihrem Guten-Morgen-Ständchen. Aber dafür hatte ich jetzt keine Zeit. Saß doch der rot-weiße Kater in meinem Grundstück. Also Kumpel, so geht das nicht. Ich legte die Ohren an und knurrte. Und der Andere? Er hatte es kapiert. Er suchte, haste was kannste, das Weite. Ich verfolgte ihn bis an die Grenze. Dann setzte ich mich auf einen Stein und begann erst mal mich ausgiebig zu putzen. Dabei überlegte ich den nächsten Schachzug.- Die Nachbarkatze besuchen. Also machte ich mich auf flinken Pfoten, auf ins Nachbargrundstück. Die Katze lag auf den Stufen vor der Haustür und döste in der Frühlingssonne. Ich schlich mich ganz leise an. Hinter der Katze war die Tür einen Spalt offen. Zu gerne hätte ich gewusst, wie es dahinter war. Aber dazu kam es nicht. Die Katze hatte mich nämlich gehört. Sie stand plötzlich auf und stellte sich drohend mit angelegten Ohren vor mich. Dabei knurrte sie. Sollte wohl heißen, also bis hierher und keinen Schritt weiter, sonst kannst du was erleben. Sonst zause ich dir das Fell. Hier herrsche nämlich ich. Und du verschwindest mal lieber aus meinem Blickwinkel, sonst mach ich dir Beine!

Naja die Katze war bestimmt doppelt so groß wie ich und auch älter an Jahren. Sie hatte also mehr Erfahrung. Das war es vielleicht doch besser, den Rückzug anzutreten. Aber auf keinen Fall schnell, sondern ganz, ganz langsam. Die Katze nicht aus den Augen lassend, rüstete ich zum Rückzug. Morgen werde ich wiederkommen, schwor ich mir. Denn – der Kater – das bin ich.

Zu meiner Menschenmama kommt manchmal eine Zweibeiner, der bestimmt mehrere Samtpfoten sein Eigen nennt.

Das verkündet mir mein sensibles Näschen, denn ich kann Gerüche sehr gut aufnehmen, aber ich mag es nicht, wenn in meinem Revier diese verhassten Duftnoten sind. Aber was hilft's, der Zweibeiner ist ja lieb zu mir, er streichelt mich auch.

Ich liebe es, wenn, in der Nacht, der Mond so hell scheint. Meine Menschen sagen dazu „es ist Vollmond". Nein, da kann ich nicht schlafen. Ich sitze dann im Haus oben auf einem Fensterbrett und schaue in die

Nacht hinaus. Manchmal huschen irgendwelche Viecher durch die Nacht. Ich aber starre den Mond an und
wenn's mich rafft, dann singe ich. Ich singe laut. Da
kommt dann schon manchmal **„Flitzi sei leise, wir wol-
len schlafen"**. Ach was, von wegen schlafen. Meine
Menschenmama hat bei Vollmond auch Probleme damit. Sie kann eben auch nicht schlafen. Aber dafür
schnarcht sie, wenn kein Vollmond ist und das geht mir
manchmal so auf den Geist, dass ich mir einen anderen
Schlafplatz suche.

Aber ansonsten sind meine Menschen in Ordnung,
miau.

Mein Menschenpapa ist ganz lieb zu mir. Er versorgt
mich, wenn die Mama mal nicht da ist. Tagsüber ist

mein Menschenpapa nicht in meinem Revier. Er ist woanders. Das nennt er arbeiten gehen. Ich weiß nicht wo er ist und was er da so treibt. Würde mich schon interessieren, denn eigentlich bin ich ganz schön neugierig. Aber den ganzen Tag weg von meinem zu Hause? Nein, das geht gar nicht. Wer soll da mein Revier bewachen und notfalls verteidigen?

Und meine Lieblingsplätzchen? Nein, die verrate ich nicht. Dort will ich nämlich meine Ruhe haben, habe jedoch alles bestens im Blick. Also bleibe ich lieber hier und warte bis mein Menschenpapa am Abend heim kommt.

Wenn ich im Sommer draußen bin, lauf ich ihm mit erhobenem Schwanz rasch entgegen. Natürlich begrüßt er mich, wie es sich gehört. Er streichelt mich. Ich beginne zu schnurren und reibe mein Köpfchen an seinem Hosenbein.

Wenn er dann ins Haus geht, renne ich ihm hinterher und setze mich in der Küche bei einer, ganz bestimmten, Schranktür hin und beginne zu miauen.

Mein Mensch fragt dann „**Flitzi, willst du ein Leckerli?**" Ich sehe ihn dann ganz vorwurfsvoll an und dann geht mein Blick zur Schranktür.

Diese hat mein Menschenpapa aber schon geöffnet. Er nimmt eine kleine Dose heraus. Voller freudiger Erwartung mach ich mich so lang, wie ich nur kann. Mein Mensch wirft die Leckerli dann weg. Ich renne danach. Manchmal fang ich sie auch. Hm, schmecken die Dinger gut.

Bei unfreundlichem Wetter verläuft die Begrüßung ähnlich. Nur, dass ich da auf dem Sessel döse.

Wenn dann mein Menschenpapa zu mir kommt, um mich zu begrüßen, rolle ich mich auf den Rücken und strecke meine Pfoten in die Luft.

So kann er mir schön meinen Bauch kraulen.

Ach, ist das herrlich. Ich genieße es.

Vor lauter Wonne beiß ich meinem Menschenpapa in die Hand. Aber ich bin lieb, ich beiße nicht richtig zu. Mein Mensch weiß das und lässt es über sich ergehen.

So balgen wir uns eine Weile. Manchmal ruft die Menschenmama, wir sollten doch langsam wieder vernünftig werden. Wenn wir es dann mal wieder sind, leck ich meinem Papa, mit meiner rauen Zunge, über die Hand. Als Dank sozusagen, dass er mit mir gespielt hat. Dann rolle ich mich zusammen und träume von meinen lieben Zweibeinern.

Draußen ist es irgendwie ungemütlich. Es ist kalt und der Wind bläst. Es ist gerade so, als wollte er mich einfach wegfegen. Muss mich tüchtig dagegenstemmen. Außerdem zerzaust der Wind mein Fell. Aber ich muss einfach nach draußen. Ich muss doch sehen, ob alles in Ordnung ist. Also führt mich mein Weg jetzt an den Sträuchern und Hecken entlang. Da kann der Wind ruhig pusten. Hier bin ich sicher, ätsch.

Und einen Appetit hab ich jetzt. Hab mir eine richtige Speckschicht angefuttert.

Aber irgendwie tut das gut. Es ist warm und auch mein Fell ist dichter geworden. Also steht einem Spaziergang draußen nichts im Wege. Ich behalte meinen Rhythmus bei, der da heißt, früh zeitig raus und Lage erkunden.

Es war mal wieder ein Morgen angebrochen. Die Nacht zuvor war ganz schön stürmisch und der Wind heulte immer noch. Als ich, an jenem besagten Morgen, meine Pfoten vor die Tür setzte, war alles anders.

Es war kalt, aber ich fror nicht. Überall war es weiß. Und in diesem Weiß, welches die Zweibeiner Schnee nennen, gab es viele Spuren. Ich schnüffelte ganz aufgeregt. Wer da, in der Nacht, so alles über mein Grundstück gelaufen war. Auch meine Pfoten waren im weißen Schnee zu sehen. Auch die Spuren vom Auto, mit welchem mein Menschenpapa weggefahren war. Die Fußspuren der Postfrau gab es. Kein Zwitscherling ließ sich hören. Nur der Wind heulte und was war das denn? Mein Fell wurde nass. Vom Himmel fielen viele, viele Schneeflocken. Sie tanzten im Wind. Ich wollte sie haschen. Aber sobald ich eine gefangen hatte, war sie nur noch ein nasser Fleck auf meinem Pfötchen. So ganz alleine draußen, machte es irgendwie keinen Spaß mehr. Also verzog ich mich in die Sitzecke im Hof. Hier war ich geschützt. Ich hörte das Heulen des Windes. Aber das interessierte mich jetzt nicht. Vielmehr wartete ich auf ein Geräusch aus dem Haus. Na endlich! Meine Menschenmama war dort irgendwo. Ich setzte mich vor die Tür, begann laut und kläglich zu miauen. Endlich wurde mein Flehen erhört. Die Türe ging auf. Endlich konnte ich rein. Ich schüttelte mich tüchtig, dass es nur so spritzte. Meine Menschenmama holte ein weiches Tuch. Damit trocknete sie mir mein Fell ab. Sie machte auch die Pfoten sauber. Dann durfte ich in die Küche. Hier war es angenehm warm. Ich setzte mich vor den Ofen und begann eine ausgiebige Fellpflege.

Aber ich lernte auch schöne Seiten des Winters kennen. Draußen ist es zwar sehr kalt. Aber das macht mir nichts aus, denn ich habe jetzt ein ganz dickes dichtes Fell bekommen. Das wärmt prima. So ist es nicht verwunderlich, dass ich vor die Tür will. Die Sonne scheint. Es ist kein Wölkchen am Himmel zu sehen.

Mein Menschenpapa hat sich dick eingemummt. Ich erkenne ihn kaum wieder. Dann nimmt er einen Stiel mit einem Brett unten dran in die Hand und fährt damit in den Schnee. Die Zweibeiner nennen das Schneeschippen. Ich springe zur Seite und schaue mir das erst mal von weitem an. Sicher ist sicher. Aber es macht Spaß, wenn mein Menschenpapa den Schnee so wegschiebt. Ich will mitmachen.

Also springe ich auf den weggeschobenen Haufen. Da trifft mich eine ganze Ladung Schnee von der Schippe. Ich springe hoch und schüttele mich kräftig. Das Toben im Schnee macht großen Spaß.

Besonders wenn mein Mensch kleine Kugeln formt und dies zu mir kullert. Das gefällt mir. Da kann ich auch kullern. Das macht aber auch müde.

So trotte ich meinem Menschenpapa ins Haus hinterher und verlange laut miauend Einlass in die Küche.

Hier muss ich mich erst mal am Fressnapf stärken, denn Bewegung an frischer Luft mach nun mal großen Hunger. Heute gibt's Geflügel – eine meiner Lieblingsspeisen

Ich putze das ganze Schälchen aus.

Dann lecke ich mir zufrieden mein Mäulchen.

Nun noch mal schnell aufs Fensterbrett und einen Blick nach draußen werfen. Aber die Sonne ist verschwunden. Alles ist wieder grau. Und es beginnt wieder zu schneien. Da wird mein Menschenpapa sicher bald wieder Schnee schippen. Ich jedoch mach es mir im Sessel gemütlich.

Im Winter gibt es eine Zeit, welche die Zweibeiner Advent und Weihnachten nennen. Da wird die Wohnung schön geschmückt mit Tannengrün und Figuren. Pech für mich ist, dass diese Sachen überall rumstehen und ich daher nicht mehr einfach so springen kann. Ich muss aufpassen und über diese Sachen drübersteigen. Ich frage mich, warum meine Menschen das erst hinstellen, wenn sie es dann irgendwann wieder wegräumen. Ich finde das ist Zeitverschwendung. Aber irgendwas werden sie sich schon dabei gedacht haben. Also pass ich auf, dass nichts kaputt geht und steige gekonnt über die aufgestellten Hindernisse.

Einen Tag nennen sie Weihnachten. Da herrscht geschäftiges Treiben im Haus. Am Vorabend dieses Tages werden irgendwelche Sachen, die Geschenke heißen, schön verpackt und mit Bändern verziert. Ich möchte gerne mitspielen, darf aber nicht.

Am Weihnachtsabend gibt es was Leckeres zu futtern. Das riecht so gut aus der Röhre, dass ich am liebsten davor sitzen bleiben möchte. Das Wasser läuft mir im Mäulchen zusammen. Endlich ist der Braten fertig und meine Menschenmama verteilt das Fleisch auf die Teller. Auch ich sitze an diesem besonderen Tag bei meinen Menschen auf der Eckbank in der Küche. Und ich bekomme auch was ab von den Leckerbissen. Aus dem Radio dudelt irgendwelche Musik wie „Stille Nacht, heilige Nacht". Das verstehe ich nicht. Aber meine Menschen sind ganz andächtig.

Heute übernimmt der Geschirrspüler mal die Arbeit meiner Menschenmama. Diese ist nämlich in die Wohnstube geeilt und platziert die am Vorabend verpackten Geschenke. Dann geht sie vor die Küchentür und im Haus ertönt ein heller Glockenklang. Nun kommen alle herbei. Jeder bekommt seinen Platz zugewiesen. Die Geschenke werden ausgepackt. Oh, wie das raschelt.

Meine Pfötchen zittern. Ich will mitspielen. Ich versuche es einmal. Und komisch – heute darf ich. Da gibt es Kartons. In diese kann ich schön rein hüpfen.

Viel Papier liegt verstreut in der Stube. Ein ideales Spielzeug für mich.

Meine Menschen begutachten noch die erhaltenen Geschenke. Ich aber bin müde vom rumtoben und dem leckeren Essen. Was macht da ein gut erzogener Kater? Er rollt sich zusammen und schläft. Endlich löschen auch meine Menschen die Lichter aus und begeben sich zu Bett. Ein aufregender Tag ging mal wieder zu Ende.

Ach übrigens, mir wurde eine Maus geschenkt. Nein, keine echte. Eine aus Filz. Aber ich behandle sie wie eine echte. Meine Menschen sollen sich doch freuen.

Aber das mit der Maus, das probier ich erst morgen. Jetzt ist stille Nacht und draußen rieselt der Schnee.

Mittlerweile ist der Schnee schon lange geschmolzen. Auf der Wiese gibt es viele Sachen, welche die Zweibeiner Blumen nennen.

Wenn ich daran schnuppere, kitzelt es in meinem Näschen und ich muss niesen.

Dann gibt es da noch ganz, ganz kleine Krabbeltiere. Es ist interessant, diesen bei der Arbeit zuzusehen. Sie schleppen Grashalme oder kleine Äste mit sich, die viel, viel größer sind, als diese kleinen Krabbler.

Dann gibt es da noch kleine Achtbeiner. Meine Menschenmama mag die nicht. Sie nennt sie eklige Spinnen.

Als ich neulich auf dem Holzhaufen im Nachbargarten in der Mittagssonne döste, konnte ich eine Spinne beobachten. Die lief immer hin und her.

Ja, sie war sehr fleißig. Sie webte ein großes Netz. Aber für wen? Warum machte sie das nur? Fragen konnte ich nicht, ich kann nur katzisch und nicht spinnisch. Plötzlich war die Spinne verschwunden. Ich streckte mich und gähnte, wollte gerade gehen. Denn es war nichts los hier. Aber da kam eine Fliege und wollte mich ärgern.

Sie summte um mich rum. Ich schlug mit dem rechten Pfötchen nach ihr, sprang sogar in die Luft. Aber die doofe Fliege ließ sich nicht von mir fangen, schade. **Aber autsch, was war das?** Die Fliege hatte nicht aufgepasst und das Spinnennetz übersehen. Da hing sie nun und zappelte. Und da, da kam schon die Spinne. Die Fliege hatte keine Chance. Sie wurde von der Spinne betäubt und dann ausgesaugt. Schwupp, war die Spinne wieder verschwunden.

Die Zwitscherlinge haben Eier gelegt und brüten jetzt ihre Kinder aus. Zu nahe darf ich den Eiern nicht kommen, da werden die richtig böse. Sie haben mich sogar mit ihren spitzen Schnabel gehackt. Aua, das tat weh. Also mach ich in Zukunft einen großen Bogen um die Viecher.

Am Seerosenteich halte ich es jetzt auch nicht wirklich aus. Am Morgen und am Abend ist dort ein Gequake. Das ist schrecklich. Für meine sensiblen Ohren ist das nichts. Meine Menschen nennen das Froschkonzert. Einmal habe ich so einen Störenfried gefangen. Aber ich mochte ihn nicht fressen, erstens war er nass und glitschig, und dann roch er so komisch. Da geh ich doch lieber ins Haus zu meinem Fressnapf. Dann hab ich noch eine Beobachtung gemacht. Neulich hat sich nämlich der rot-weiße Kater mit einem anderen tüchtig gezofft. Die haben sich nicht nur angeknurrt, sondern richtig miteinander gerauft, so dass die Haarbüschel nur so flogen. Ich verzog mich an einen sicheren Ort und verfolgte von da aus das weitere Geschehen. Nein, es war überhaupt nicht lustig. Der rot-weiße hatte schließlich ein eingerissenes Ohr und sein Gegner eine blutende Wunde an der linken Vorderpfote.

Ich bin meinen Menschen dankbar, dass sie mich operieren ließen. Wie gesagt, ich kann zwar keine Familie gründen, aber ich habe auch nicht diesen Stress wie z.B. der rot-weiße Kater.

Irgendwann kam der 1. Mai. Das ist für alle Zweibeiner ein Feiertag. Für mich auch. Aber das weiß ich jetzt erst. An diesem Tag ist nämlich mein Geburtstag. Was das bedeutet? Keine Ahnung! Der Tag begann mit dem Gesang der Zwitscherlinge, ebenso, wie ein Tag immer beginnt.

Ich wurde von einem Sonnenstrahl an meinem Näschen gekitzelt. Verschlafen blinzelte ich in die Sonne. Ich streckte mich, gähnte und sprang schließlich aufs Fensterbrett. Im Garten war schon viel los. Zwitscherlinge suchten auf der Wiese nach Würmern. Auch andere Tiere waren schon unterwegs. Nur meine Menschen schliefen noch. Also erst mal am Kratzbaum tüchtig die Krallen gewetzt. Aber meine Menschen störte das nicht. Sie schliefen noch immer. Irgendwann müssen sie doch munter werden. Leute, ich will raus, will auch in den Garten. Also eine andere Taktik. Ich stellte mich auf die Hinterpfoten. Mit den Vorderpfoten kratze ich an der Tür. Und hurra, hinter der Tür rumorte es leise. Nun ließ ich ein langgezogenes klägliches

Miau-au-au ertönen. Endlich ging die Tür auf und mein Menschenpapa steckte verschlafen den Kopf heraus. **„Ja Flitzi, ich lass dich ja schon raus."** Da sauste ich, die Treppe herunter, zur Haustür und dort ließ ich nochmal mein Miau-au-au ertönen. Die Tür wurde aufgeschlossen und ich war draußen.

Nun erschnüffelte ich die Spuren der Nacht. Es war jedoch nichts Außergewöhnliches.

Also inspizierte ich, wie jeden Morgen, mein Revier. Das heißt, ich lief erst eine kleine Runde und dann eine größere Runde ums Haus.

Zwischenzeitlich waren meine Menschen auch aufgestanden, denn es klapperte im Haus. Ich sprang auf das Küchenfenster und sah, dass sie am Tisch saßen und aßen. Auch ich verspürte Hunger. Mit einem forschen Miau verlangte ich Einlass. Dieser wurde mir auch gewährt. Schnurstracks marschierte ich zu meinem Fressnapf. Der aber war heute noch leer. Ich sah meine Menschen fragend an. Wollte grad traurig miauen. Aber da kam meine Menschenmama, streichelte mich und sprach **„Na Flitzi, da du heute Geburtstag hast, haben wir auch was Feines zu Futtern für dich. Haben dir extra Sheba besorgt."** Meine Menschenmama öffnete das Schälchen. Es duftete verführerisch lecker und so schmeckte es auch. Den ganzen Tag wurde ich verwöhnt. Ja, das ist wahrscheinlich an Geburtstagen so. Mir hat es gefallen.

Nun bin ich schon drei Jahre alt. Meine Menschen haben mich ganz toll lieb. Und ich mag sie auch sehr. Mein Leben ist ein großes Abenteuer. Jeder Tag stellt mich vor neue Herausforderungen. Ich freue mich darauf. Ich möchte mit meinen Menschen noch viel erleben. Für heute habe ich genug.

Also dann – ich singe ein Ständchen – blau ist die Nacht, die Nacht ist blau. Ein Stern geht auf miau, miau. und dann ....ein Nickerchen

**GUTE NACHT ALLERSEITS, EUER FLITZI**

**Für eure eigenen Notizen**